MW00941276

EL VIEJO RELOJ

Diseño de cubierta: Eugenia Alcorta / Virginia Ortiz
Diseño y maquetación de interiores: Virginia Ortiz

CUARTA EDICIÓN

©1999 Fernando Alonso
©1999 EDICIONES GAVIOTA, S. L.
Manuel Tovar, 8
28034 MADRID (España)

ISBN: 84–392–8114-5
Depósito legal: LE. 759-2005
Printed in Spain – Impreso en España
Editorial Evergráficas, S. L.
Carretera León – La Coruña, km 5
LEÓN (España)

EL VIEJO RELOJ

Fernando Alonso

Ilustraciones de
Ana López Escrivá

4ª Edición

EDICIONES
Gaviota

Para Cita

Cuando faltó el abuelo,
toda la casa se murió un poco.
Ya nadie volvió a contar viejas historias.
Ya nadie volvió a sacar humo
de la vieja pipa de enebro.
Ya nadie volvió a dar cuerda
al viejo reloj del pasillo.

La sala se quedó a oscuras
de historias hermosas;
el color lustroso de la pipa
se volvió apagado y triste; al viejo reloj

le nacieron telarañas por dentro
y, poco a poco,
se le fueron cayendo los números;
igual que al abuelo, los dientes.

Y, cuando la esfera
quedó vacía de números
y sus tripas llenas

10

de polvo y de telarañas,
el viejo reloj del abuelo fue a parar
a un rincón oscuro del desván.

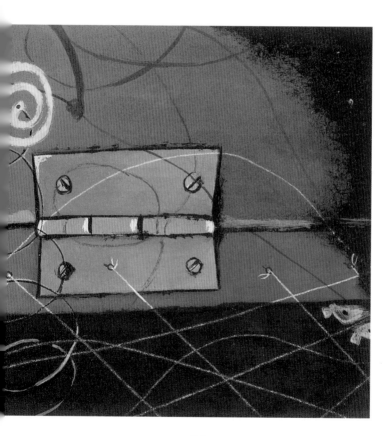

Ramón tenía el pelo tieso,
como alambre, y cara
de estar siempre buscando alguna cosa.
Un día, Ramón subió al desván.

Buscaba un sombrero viejo
para jugar a los piratas.
Ramón no había conocido al abuelo
y era la primera vez que veía el reloj.

13

Al niño le gustaba mucho arreglar cosas;
por eso, apretó los tornillos,
remachó bien los clavos,
sujetó la puerta y,
a fuerza de frotar y frotar,

dejó el reloj reluciente como un sol.
Entonces, Ramón se dio cuenta
de que el viejo reloj no tenía números.
Se sentó en un arcón
y estuvo un rato pensando.

De pronto, su cara se llenó de sonrisa:
¡Sabía dónde podían estar los números!
Aquellos números cansados
de una vida aburrida y apolillada
dentro de la esfera del reloj.

Con una espada de madera al cinto
y un bocadillo de pan con chocolate
en la mano, Ramón salió de casa.
Iba a buscar los números
del viejo reloj del abuelo.

17

Después de mucho caminar,
encontró al número 1.
Trabajaba de arpón
con un viejo pescador.
Y el número era feliz

en su nuevo trabajo.
Ramón dejó al número
y siguió su camino.
El viejo pescador no tenía otro arpón
para ganar su pan.

El 2 trabajaba de pato
en una caseta de feria.
Frente a la caseta de tiro al blanco,
se apiñaba un grupo de niños.
Entonces apareció la hilera de patos;
en el centro iba el 2, tieso,

orgulloso de su nuevo trabajo.
Ramón comprendió que aquel número
ya nunca podría vivir,
quieto, en la esfera de un reloj.
Mientras se alejaba, el ruido de la feria
le acompañó un trecho de camino.

El número 3 estaba en un museo.
Hacía de gaviota dentro de un cuadro,
que representaba la playa y el mar.
Era una obra muy valiosa

y no podía destrozarla
llevándose aquel número.
Ramón dio una vuelta por el museo,
vio todos los cuadros y salió silbando.

El número 4 jugaba a la pata coja
en lo alto de un campanario.
Hacía de patas de cigüeña;
de una cigüeña que había perdido

las suyas, en una mala caída,
cuando aprendía a volar.
Ramón la saludó con la mano
y siguió su camino.

El 5 trabajaba en una señal de tráfico.
La señal indicaba: «Prohibido circular
a más de 50 kilómetros por hora».
Si se llevaba el 5, la señal indicaría:

«Prohibido circular a más
de 0 kilómetros por hora»
y ningún coche podría pasar ya
por aquella carretera.

El 6 trabajaba de casa
para un caracol.

Aquel número era ahora muy útil;
sobre todo en los días de lluvia y de frío.

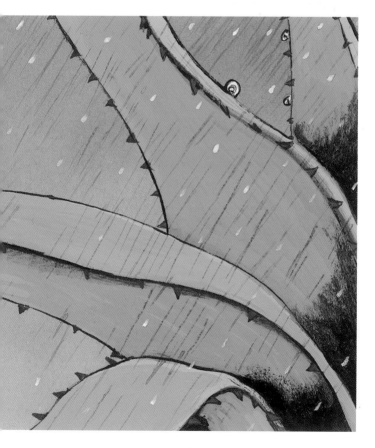

El número 7 trabajaba de siete
en el traje de un payaso.
El payaso siempre se caía,
el siete siempre se descosía
y los niños siempre se reían.

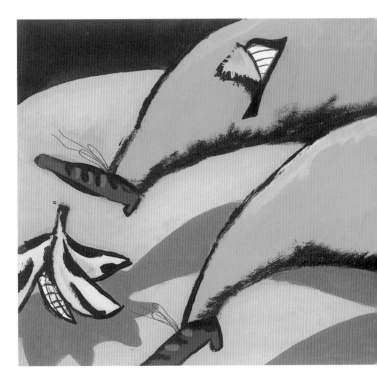

30

Ramón también se rió
cuando el siete le hizo guiños
desde el traje de payaso.
Y todavía se reía al recordarlo,
mientras se alejaba del circo.

El 8 hacía de nube.
Nube oscura, sobre un pequeño
pueblo; sobre unas tierras pequeñas,
que necesitaban de aquella lluvia

para poder florecer;
para poder dar de comer
a las gentes que vivían
en aquel pueblo pequeño.

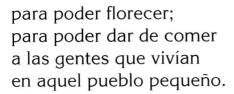

El 9 trabajaba de lazo en otro circo.
Un vaquero, de enormes bigotes
y sombrero de ala ancha,
hacía girar aquel lazo sobre su cabeza.

Y Ramón aplaudió
al hombre de los bigotes,
que ganaba su pan
trabajando con el 9.

El número 10 era el aro de un niño.
El niño corría y corría por el parque
y guiaba con el 1

para que el 0
no se escapara.
Y el niño era feliz.

Encontró al 11 en un campo de deportes.
Pintados de rayas rojas y blancas,
los dos unos sostenían un listón.

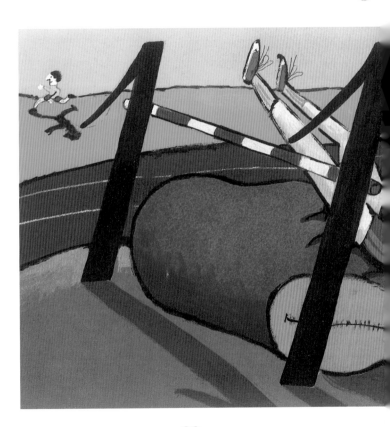

Y una fila de atletas esperaba su turno
para saltar
—¡Bravo! ¡Ha sido un salto estupendo!

El 12 trabajaba en un mercado persa
con un encantador de serpientes.
El 1 era la flauta, y el 2, la serpiente.

40

Y tocando la flauta
y bailando la serpiente,
el encantador ganaba para vivir.

41

Ramón volvió a casa
con su espada de madera al hombro.
Todos los números habían crecido,
se habían transformado,
para adaptarse a su nueva vida.
Una vida más hermosa, más divertida

o igualmente aburrida, que la que
llevaron dentro de la esfera del reloj.
Pero, esta vez, era una vida
que ellos habían escogido libremente.
A Ramón no le importaba su fracaso;
porque ya sabía lo que debía hacer.

Al regresar a casa, buscó
la caja de los colores y subió al desván.
Y allí pintó los números en la esfera
del reloj; unos números brillantes,
de todos los colores... y alguna que

8 6 12 3

10

otra flor, salpicada por la caja.
Y, cuando el último número
y la última flor estuvieron pintados,
el reloj dejó oír su tic-tac, tic-tac,
monótono y alegre.

7 12 5 8

7

Y, a partir de aquel momento,
en la habitación de Ramón
siempre se oyó

el tic-tac, tic-tac,
alegre y monótono,
del viejo reloj del abuelo.

47